ISBN: 979-8-84136-176-3

Cuento para niños de

Simplemente Glenda

El pantalón escolar

A mi hijo Billy . Motivo de inspiración para este escrito. Desde muy pequeño te prometí que si algún día este cuento para niños fuese publicado, la dedicatoria sería para ti. Ha pasado mucho tiempo y ya eres un hombre de bien. Al final te he cumplido.

Gracias hijo mío por ser como eres.

Te dedico este libro con mucho amor.

Muy temprano en la mañana, como todos los sábados, ya comienza la riña en el *closet* de Billy. Esta pequeña ciudad tiene varios habitantes. Viven allí los zapatos, las medias, las camisas, los pantalones y las correas del niño.

Cada vez que se enciende la luz, todos sienten la llegada de un nuevo día. Los polos escolares suelen mostrarse muy olorosos y planchaditos.

Sin embargo, allí está sucediendo algo muy triste. El pantalón escolar molesta a sus compañeros hasta hacerlos llorar. Él dice que es más inteligente que los demás, ya que va a la escuela cinco días de la semana.

—Yo sé mucho de matemáticas. Aprendí a sumar y a restar. Ya sé contar hasta el 100. Ustedes no saben contar ni hasta el 5 – les dice a los demás pantalones burlándose de ellos–. El mejor amigo de Billy es Gabriel. La niña más linda de la clase es Samantha. La maestra de historia es muy buena –se ríe–. Ustedes salen muy poco de este pequeño lugar. No conocen a tantas personas, como yo.

Cuando el pantalón escolar nota que todos lo ignoran, comienza a molestarlos uno a uno.

—A ver , pantalón blanco. Cuéntame alguna hazaña. De seguro nada tienes que decir. Te compraron para la graduación de Billy. Ya nunca más te sacaron a pasear. Por allá al fondo veo a tu compañera la camisa blanca de mangas largas y por allí guardada está la corbata negra. ¡Qué pena me dan los tres! Para la próxima graduación el niño habrá crecido y ustedes le quedarán chicos.

El pantalón blanco suele ser positivo. Trata de que su compañero comprenda su argumento diciendo que las graduaciones están llenas de emociones inolvidables.

El pantalón escolar no les presta atención cuando los demás pantalones tratan de defenderse. Siente que es mejor que los demás. Su propósito es herir sus sentimientos. No deja de molestarlos hasta que los ve llorar.

–Hola, pantalón rojo –ríe–. A ti te compraron para el día de San Valentín. Estabas muy contento porque ibas para una fiesta. Pero llegaste llorando pues Billy te había manchado con chocolate. Nunca olvidaré que te lavaron con un detergente para ropa de color y la alergia te duró más de dos semanas.

Ver llorar al pantalón rojo no lo conmueve.

Levanta su mirada y le habla al pantalón negro que se encuentra en una de las esquinas del *closet*, tímido y callado.

–Hola, pantalón negro. A ti te llevan los domingos a la iglesia con diferentes camisas. ¿Ya sabes los diez mandamientos? –vuelve a burlarse.

–Sí. Aprendí también a ser bueno con los demás –El pantalón negro se defiende–. A compartir las cosas lindas que sabemos y a vivir en armonía.

–Ya cállate –le grita el pantalón escolar–, no quiero escuchar sermones.

Y así ha sido desde el amanecer del sábado. Molestando a todos. Recordándoles sus cortas salidas a pasear. El pantalón marrón visita la finca de los abuelos una vez al mes. El amarillo fue a la actividad del día de juegos y llegó roto. El anaranjado celebró Halloween en la casa del vecino. El verde es un regalo del primo pero a Billy no le gustó. Aún no ha salido del *closet*.

La historia más triste es la del pantalón de mahón, ya que desde nuevo le quedó largo al niño. Aún está esperando que la mamá de Billy tenga tiempo para cogerle el ruedo.

Ha transcurrido un año. Todas las mañanas de cada sábado, el pantalón se ha empeñado en molestar a los demás. Ya el año escolar ha terminado para dar paso a las merecidas vacaciones. Hoy está muy callado. Todos lo miran esperando sus burlas y comentarios. De repente se enciende la luz del *closet*. La puerta se abre y entra Billy. El niño comienza a mirar su ropa. Llama a su mamá con un tono de voz muy alto y asusta a todos en el *closet*.

–¡Mamá! ¡Mamá! ¿Me escuchas?

–¿Qué sucede mi amor? ¿Por qué gritas así?

–Perdona mamita. Pensé que estabas lejos.

–Pues aquí estoy a tu lado, ahora dime.

–¿Qué haremos con el pantalón escolar? Ya no lo quiero. Necesito uno nuevo para el próximo año escolar.

–Tienes razón. Debemos comprar uno nuevo.

Mañana pasa el camión de la basura. No olvides tirarlo. Ahora, ven a comer. La cena está lista.

¡Qué gran tristeza! ¡Qué inmenso dolor! El pantalón escolar comienza a llorar. Sus lágrimas caen al piso mojando los zapatos. Todos en el *closet* están confundidos. No comprenden lo que está sucediendo. El pantalón blanco no puede quedar callado y trata de consolar al pantalón escolar.

–No llores. Quizás en la basura te encuentras con tus compañeros de escuela, los demás pantalones escolares. Estoy seguro que no eres el único al que van a tirar.

El momento de hablar seriamente con sus compañeros ha llegado. No hay tiempo para burlarse de los demás. Es tiempo de explicarle a todos la razón de su sufrimiento.

–Yo sé que ustedes nunca han visto un camión de recoger la basura. Es el fin –Llora–. Cuando entras allí, mueres.

–¡Que! –Exclaman todos muy asustados–. Nosotros no queremos que vayas a morir.

–Gracias, compañeros. Ustedes son muy buenos. Les pido perdón por mis burlas y por mi mal comportamiento.

−No queremos que te suceda nada malo −dice el pantalón rojo mientras llora por su compañero−, no te cansaste de molestarnos, y a pesar de eso te queremos mucho.

El pantalón escolar se siente muy mal por su conducta. Se ha dado cuenta del tiempo perdido cada sábado en la mañana. Qué diferente hubiese sido todo si en vez de molestar a los demás hubiera compartido con ellos lo aprendido en la escuela. Ahora, le queda muy poco tiempo de vida. El camión que recoge la basura lo hará pedazos.

Esa noche la tristeza los invade. Los polos escolares sufren al pensar que ya no verán más el pantalón escolar. Los zapatos miran hacia arriba viendo caer las lágrimas de todos.

El reloj marca las ocho de la mañana. Se escuchan los pasos del niño. La claridad entra al *closet* tan pronto Billy abre la puerta.

–Mamá, ¿ya llegó el camión de la basura?

–No. Aún no ha llegado. No olvides tirar el pantalón.

Todos en el *closet* se desesperan. Comienzan a gritar pero Billy no puede escucharlos.

–Billy, no te lleves a nuestro amigo –dicen los polos.

–No lo hagas por favor. Morirá al caer en el camión de la basura – suplican los pantalones.

–Queremos que se quede con nosotros –dicen las medias y los zapatos mientras lloran.

–Adiós, amigos –el pantalón escolar se despide–, les pido perdón por mis ofensas. Si Dios me diera la oportunidad de volver a estar con ustedes, les enseñaría cada día lo aprendido en la escuela compartiendo mis experiencias con amor y armonía.

Todos quedan callados al ver a la mamá de Billy entrar al *walking closet* del niño. Ella les deja saber a todos su nueva idea mientras conversa con Billy.

–Billy, anoche estuve pensando. Si el pantalón aún te sirve, no debes botarlo.

–Yo quiero uno nuevo .

–Muy bien. Así será. Pero no lo tires a la basura. Lo puedes usar para jugar en el patio con tus vecinitos.

–Tienes razón, mamita.

Se marchan dejando el pantalón escolar en su sitio.

Todo cambia en un segundo. Las lágrimas se convierten en risas. La tristeza se convierte en felicidad. Y es momento de celebrar.

La gran fiesta en el *walking closet* de Billy ha comenzado. Los pantalones aplauden mientras celebran. Las camisas bailan de alegría. Los zapatos cantan a coro. Las medias se pasean de un lado a otro. Las correas tocan la música, la corbata de la graduación goza del *party*.

El pantalón escolar comprende que no debemos molestar a los demás. Al contrario, debemos compartir con todos nuestras experiencias y conocimientos con amor y armonía.